I0588077

Louis Desmarais

L'Étrange Amie
de Julie

• ÉDITIONS DE LA PAIX •

Louis Desmarais

L'Étrange Amie de Julie

Illustrations Luc Alain

•ÉDITIONS DE LA PAIX•
Pour la beauté des mots et des différences

© Éditions de la Paix 1997

Dépôt légal   4e trimestre 1997
Bibliothèque nationale du Québec
Bibliothèque nationale du Canada

Imprimé au Canada

Direction de la collection   Steve Fortier
Illustrations   Luc Alain
Graphisme de la couverture   Olivier Rivard
Montage   Bruno Marcoux
Révision   Françoise Forest

Éditions de la Paix
125, rue Lussier
Saint-Alphonse-de-Granby
(Québec) J0E 2A0
Téléphone et télécopieur   **(514) 375-4765**
Catalogue électronique   **www.netgraphe.qc.ca/editpaix**
Courriel   **editpaix@total.net**

Données de catalogage avant publication (Canada)

Desmarais, Louis, 1961-

   L'étrange amie de Julie

   Comprend un index,
   Pour les jeunes de 9 à 12 ans

   ISBN 2-921255-50-2

   I. Titre.

PS8557.E837E87 1997   jc843'.54   C97-940653-6
PS9557.E837E87 1997
PZ23.D47Et 1997

Franco-ontarien, mais enraciné au Québec depuis plusieurs années, **Luc Alain** s'affiche comme un sérieux illustrateur de l'humour. Il dessine passionnément depuis son enfance et a choisi d'œuvrer professionnellement dans les domaines Jeunesse et bandes dessinées, grâce aux encouragements de ses parents et ami(e)s.

Membre de l'Association des illustrateurs et illustratrices du Québec, bachelier en Administration des affaires de l'Université du Québec à Hull et muni d'un an d'études en Arts visuels de l'Université d'Ottawa, **Luc Alain** réussit à créer des images qui en disent long pour soutirer le sourire et surtout le rire. Voilà sa vraie récompense.

Merci à tout ceux que j'ai dérangés pour obtenir leurs commentaires sur cette histoire.

Julie, excuse-moi de donner ton cadeau de Noël à tout le monde.

L.D.

LA CLASSE

C'est la fête !

Le premier jour d'école est toujours comme ça. Tous les élèves célèbrent le retour en classe. Ils sont heureux de se retrouver. Pourtant, la plupart avouent qu'ils auraient bien aimé que les vacances durent plus long-temps. Surtout Julie, même si elle n'a pas vu ses amis depuis presque un mois.

La nouvelle enseignante laisse aller les choses. Rien ne presse aujourd'hui.

— Bonjour, dit la grande dame qui attend que tout le monde se taise avant de conti-nuer. Mon nom est Nicole Boyer. J'arrive du Lac Saint-Jean où j'ai enseigné pendant dix ans. Cet été, je me suis fait bâtir une maison dans votre ville.

Nicole regarde les noms sur les pupitres.

— Et toi, Samuel, qu'as-tu fait de spécial durant tes vacances?

En entendant ces mots, Julie frissonne.

Va-t-elle poser cette question à Samuel seulement? s'inquiète-t-elle.

Après Samuel, c'est au tour de Karine. Julie est maintenant certaine que tout le monde va y passer. Pourtant, elle sait bien qu'elle ne peut pas dire ce qui s'est vraiment produit durant ses vacances. C'est presque impossible!

Elle l'a promis à ses parents.

La fillette pourrait toujours mentir et dire qu'elle n'a rien fait, par exemple, mais elle ne le peut même pas. Elle se rappelle qu'elle a aussi promis à sa nouvelle amie de ne jamais plus mentir. Jamais.

Par contre, elle lui a aussi dit qu'elle ferait connaître son peuple à ses amis.

Julie ne sait plus quoi faire. Elle n'entend même pas ce que disent les autres élèves.

Je pourrais toujours ne rien dire du tout, pense-t-elle, en regardant le plancher. *Le problème, c'est que cela ne ferait probablement qu'empirer les choses... Mais ainsi, je ne mentirais pas et tiendrais toutes mes promesses.*

D'un côté ou de l'autre, elle va devoir soit briser une promesse, soit déplaire à sa nouvelle enseignante.

Voilà maintenant son tour et elle ne l'a même pas remarqué.

Nicole, croyant la fillette dans la lune alors qu'elle est pourtant beaucoup plus loin que ça, la ramène sur terre.

— C'est à ton tour, Julie. Dis-nous ce que tu as fait de spécial cet été.

Julie n'ouvre pas la bouche; elle n'a pas encore pris sa décision. La dame revient à la charge.

— Julie! es-tu avec nous?

La petite fille ne répond pas. Le ton de l'enseignante devient un peu plus insistant.

— Tu as certainement fait quelque chose cet été.

— Oh... ça oui, répond Julie, en chuchotant presque sa réponse.

Ses amis sont intrigués. Ils sont plutôt habitués à l'entendre parler tout le temps, n'importe quand et habituellement très fort. Sa copine Catherine, derrière elle, tente de l'aider.

— Tu as passé trois semaines au chalet de ton oncle, lui murmure-t-elle à l'oreille.

Nicole en a assez de se heurter au mur de silence de son élève. Elle la trouve un peu trop mystérieuse à son goût. L'enseignante s'avance vers la pauvre fillette qui ne sait toujours pas quoi dire.

— Parle, il ne faut pas te gêner.

— D'habitude, le problème, c'est plutôt de l'arrêter de parler, fait remarquer un de ses copains en riant, entraînant toute la classe avec lui.

Est-ce que ce serait mieux de ne rien dire du tout? pense la jeune fille, vraiment tentée par cette idée qui lui éviterait bien des ennuis.

La grande Nicole abandonne. Elle se dirige vers Catherine, assise au bureau derrière celle qui jongle toujours avec son dilemme.

— Tu me surprends, Julie. J'avais pourtant eu un bon rapport sur toi. Tu viendras me voir après la classe. Nous allons avoir une petite discussion, l'avertit-elle sur un ton qui sous-entend beaucoup de choses.

La muette sursaute. Julie se doute de ce qui l'attend après l'école. Elle ne veut pas être gardée en retenue, surtout pas la première journée : ses parents seraient furieux.

Son visage s'illumine.

Je l'ai! Je vais raconter seulement une partie de mes aventures de l'été. Je n'ai pas à dire tout ce qui s'est passé.

À la surprise de tous, la petite fille se lève en se tournant vers son enseignante. Elle hésite à nouveau lorsqu'elle rencontre le regard de l'institutrice.

—Si je vous le dis, vous ne me croirez pas...

— Nous ne croirons pas grand-chose si tu nc nous dis rien, ma belle, riposte la grande dame, dont le sourire du début s'est effacé.

Julie baisse la tête tandis que ses camarades rient et se moquent d'elle.

L'ANNONCE

Julie est maintenant décidée à parler. Elle observe ses amis un long moment avant d'y aller.

— Cet été, j'ai rencontré des extraterrestres, annonce-t-elle d'une voix faible.

Les élèves retiennent tous leur souffle. Plus personne ne fait de bruit dans la classe. Même l'estomac de Simon, qui a toujours faim, ne fait plus de bruit. Nicole a les yeux plus grands que des dollars.

— Euh... En effet, ce n'est pas facile à croire, murmure l'enseignante en hochant la tête.

La dame semble chercher ses mots avec ses mains, mais elle ne les trouve pas. Elle va s'asseoir lourdement sur son siège, à l'avant de la classe, dépassée par l'annonce de la fillette.

— Mais... soupire le prof, en hochant de nouveau la tête.

Elle est sur le point d'éclater de rire, mais madame Boyer est une institutrice qui en a vu d'autres. Elle se resaisit. La dame ne veut surtout pas froisser son élève. Elle tente le tout pour le tout.

— Dis-nous comment c'est arrivé, Julie.

— Bien... je ne sais pas par où commencer, répond Julie, qui ne sait pas quoi raconter et quoi taire.

Un des élèves, à l'arrière, trouve son hésitation un peu louche.

— Laissez-lui un peu de temps. C'est long, inventer une histoire.

La moutarde monte au nez de Julie. Elle se tourne vers le méchant garnement à l'autre bout de la classe. La fillette s'aperçoit que c'est un nouveau et qu'il s'appelle Michel, c'est inscrit sur le devant de son bureau.

— Je ne mens pas! lui hurle-t-elle à pleins poumons, à la surprise du garçon.

Le silence revient dans la classe. Ce petit entracte est arrivé à point pour Julie. Elle a eu le temps de penser un peu. La jeune fille sait très bien maintenant ce qu'elle a à faire... Et à dire.

Les souvenirs de son incroyable été se bousculent dans sa tête. Le regard décidé, elle se tourne vers son enseignante en prenant une grande respiration.

Ses amis sont heureux. Ils savent que *Julie la jaseuse* a retrouvé son célèbre moulin à paroles.

• • •

J'étais au chalet de mon oncle Georges avec mon père, qui avait besoin de calme pour finir un travail important. Maman, elle, était à la maison avec grand-maman, qui venait de se faire opérer.

Après avoir vidé l'auto, papa est descendu au lac poser les bouteilles flottantes et la corde m'indiquant jusqu'où je peux me baigner. J'aime bien ce lac, car à l'endroit où l'on se baigne, c'est tout en sable et l'eau y est toujours chaude.

C'est un très bel endroit, mais il n'y a pas d'autre chalet dans les environs. Pas d'autre chalet, pas d'autre ami... Toute seule avec mon papa.

C'était parti pour être un peu ennuyeux...

Tout ce qu'il y a à faire au chalet, c'est de se baigner. J'ai donc mis mon maillot de bain et me suis lancée à l'eau. Mon père me surveillait de temps en temps lorsque tout à coup, j'ai vu le dessus d'une tête et de grands yeux jaunes qui sortaient de l'eau, près de la grosse roche, un peu plus loin que les bouteilles.

Ces yeux semblaient m'espionner.

Je les ai longtemps regardés et je m'en approchais quand mon père est sorti pour me dire que le repas était servi. J'ai vu la tête disparaître sous l'eau après avoir entendu un petit son semblable au cri des baleines. Mon père a cherché l'origine du bruit. J'avoue que j'avais un peu peur et que je suis sortie de l'eau en vitesse.

Je n'ai pas parlé de cette étrange vision à mon papa, ce soir-là, pendant que nous regardions le film qu'il avait loué pour moi. La nuit venue, je n'ai pas réussi à m'endormir, me demandant ce que pouvait être cette étrange apparition qui avait une tête ressemblant un peu à celle d'un phoque.

• • •

Le garnement s'en mêle à nouveau.

— Un extraterrestre qui ressemble à un phoque. Bravo, je n'y aurais pas pensé à celle-là !

— C'est moi qui parle... et c'est la vérité ! réplique Julie, fâchée contre le polisson.

Elle revient à ses souvenirs.

• • •

LÉNA

À ce moment-là, je croyais vraiment que c'était un animal, mais je savais que ce n'était pas un animal comme les autres.

Ses yeux étaient différents, mystérieux, étranges...

Le lendemain, je me suis évidemment levée très tard. L'après-midi, je suis retournée me baigner. Mon père devait me surveiller, mais il ne me regardait pas. Il avait une pile de papiers dans les mains et une autre pile au sol. Ça semblait bien plus important que moi.

J'ai dû passer une heure dans le lac avant de revoir mon apparition. Là, je me suis rendu compte que ce n'était pas un animal... C'était quelqu'un !

La créature avait une tête et des bras. Elle se cachait derrière une roche, complètement sous l'eau, un peu plus loin que la ligne que je ne pouvais dépasser.

Je la voyais souvent regarder en direction de mon père. J'ai alors compris qu'elle devait avoir peur de lui. Mais mon papa ne remarquait rien, le nez enfoui dans ses papiers. Puis, il s'est levé pour aller préparer à manger. Il a donc fallu que je sorte de l'eau. C'est la loi du chalet : pas de parent, pas de baignade !

Mais quand je me suis retournée, la chose était partie sans que je m'en aperçoive.

Pendant tout le repas, j'ai été tentée d'en parler à mon père. Malheureusement, il avait encore le nez dans ses satanés papiers.

Je savais qu'il ne m'écouterait pas... Et que s'il m'écoutait, il ne comprendrait pas un mot de mon histoire. Quand il est dans cet état-là, il n'y a rien à faire avec lui.

Après le repas, je suis allée m'asseoir sur la grosse roche donnant sur le lac. Je cherchais la créature bizarre qui pouvait rester si longtemps sous l'eau, comme si elle y respirait à la manières des poissons.

Ça m'intriguait beaucoup !

Tout à coup, j'ai vu sa tête, tout près de moi, à trois mètres de la roche, là où c'est très profond. Elle avait un maillot de bain doré et souriait en poussant encore de drôles de petits bruits comme les baleines. Elle voulait me parler, mais je ne la comprenais pas. Je lui ai demandé si elle avait un nom. Elle est partie.

Je me retrouvais encore seule.

Je suis demeurée sur la roche pendant une dizaine de minutes, puis elle est revenue, mais cette fois, elle avait un anneau de métal doré autour de la tête, avec une pierre bleue au milieu.

C'était un très joli bijou... On aurait dit un bijou de princesse.

Elle m'en a lancé un semblable en me faisant signe de le mettre sur ma tête. Ça m'a pris un peu de temps avant de me décider.

C'était bizarre... On aurait dit que ma tête était remplie du bruit que font les ongles sur le tableau de la classe. J'avais la chair de poule. Le bruit est disparu au bout d'un moment. Elle me regardait en tenant son anneau avec ses mains lorsque j'ai entendu à l'intérieur de ma tête : «Je m'appelle Léna. Et toi?»

Je ne comprenais plus rien. Elle n'avait pas ouvert la bouche, mais la petite pierre au milieu de son front scintillait comme une étoile lorsqu'elle s'adressait à moi. Elle m'a demandé si j'avais peur d'elle. Je lui ai répondu qu'il ne m'en fallait pas beaucoup plus pour que je m'enfuie.

Elle souriait, semblait me comprendre. Léna voulait que j'aille la rejoindre. Mon père ne voudrait jamais, à cette heure. Puis, elle m'a dit qu'elle pouvait venir me rejoindre...

Là, je ne savais plus quoi faire.

J'ai hésité quelques secondes avant de regarder vers le chalet pour voir si mon père ne me surveillait pas. Lorsque j'ai constaté qu'il était dans son bureau, j'ai dit à Léna de venir. Là, j'ai vu quelque chose que je n'oublierai jamais...

• • •

Julie s'arrête net. À cet endroit de son récit, elle risque de faire une gaffe.

C'est énorme ce qu'elle sait.

C'est peut-être même trop !

Vont-ils bien le prendre? se demande-t-elle, profitant de cette pause pour reprendre son souffle.

Ses yeux regardent un point invisible au plafond. Elle sait maintenant jusqu'où elle peut aller. Ses souvenirs reviennent, très exacts, mais l'attente a été trop longue pour Nicole.

— Qu'y a-t-il, Julie?

— Tu t'es mêlée dans tes mensonges? lâche l'impertinent, à l'arrière.

Julie ne s'en occupe pas.

— Est-ce qu'elle était faite comme nous? s'informe Catherine, qui suit avec attention le récit de son amie.

Encouragée par ces mots, Julie continue.

•••

BIZARRE...

Elle avait deux bras, deux jambes... un peu comme nous, mais elle avait aussi un genre de peau sous les bras, lui allant des poignets jusqu'aux chevilles.

Léna avait des nageoires... qui ressemblaient à des ailes.

Elle avait la forme d'une chauve-souris ou d'un écureuil volant. Sa peau était noire. De plus, elle était luisante et lisse comme celle d'un ballon... ou d'une truite.

...

La petite fille ne sait pas si elle doit poursuivre. Elle observe ses amis. Tous écarquillent les yeux. Julie sourit en pensant qu'elle devait avoir la même tête, ce jour-là, devant Léna.

Madame Boyer est aussi anxieuse que ses élèves.

— Et puis? l'incite-t-elle à continuer avec beaucoup de nervosité dans la voix.

Et pourquoi pas? se dit Julie en haussant les épaules.

— Léna avait aussi derrière elle une très, très longue queue pointue... comme celle d'une raie.

À ce moment, quelques murmures venant de partout dans la classe lui bourdonnent aux oreilles.

Elle savait bien que ce passage de son récit allait susciter des réactions, comme elle en avait eu, en cette inoubliable soirée d'été.

•••

J'y ai touché du bout des doigts. Cette curieuse queue était toute douce, mais dure comme du bois. Je me sentais un peu stupide, tout à coup. C'était comme avoir peur de toucher la queue d'un chat.

Sa tête était à peu près de la même grosseur que la nôtre, mais elle n'avait pas de cheveux. Ses oreilles étaient toutes petites et pointues, un peu comme celles de Batman, mais ce qui frappait le plus dans son visage, c'était ses grands yeux.

De quelle couleur disait mon père, déjà? Ah oui! ambre ou miel. Je ne me rappelle plus. Papa disait une couleur et maman en disait une autre.

Il y avait aussi ses mains qui étaient bizarres. Premièrement, elles n'avaient que quatre doigts, et deuxièmement, elles ressemblaient à des pattes de canards, comme ses pieds. Mais ce n'est pas tout...

• • •

Julie s'arrête. Elle croit qu'il est préférable de ne pas dire la suite. Par contre, elle revoit la scène en se la racontant à elle-même, dans sa tête.

— Elle avait aussi des griffes... De très longues griffes à part ça, mais pas recourbées comme celles d'un chat. Les siennes étaient droites et triangulaires, mais pouvaient rentrer et sortir comme elle le voulait. Je me rappelle aussi les espèces de bouches où finissaient ses ailes, près de ses chevilles. Je me souviens très bien qu'il sortait de l'eau par là. Je trouvais ça un peu répugnant. De plus, les dents de Léna étaient pointues et me faisaient très peur. Elles me rappelaient celles d'un requin... Un requin mangeur de petites filles !

Ça lui a pris beaucoup de temps à se calmer.

— Julie... Est-ce que ça va ? lui demande madame Boyer.

Julie reprend où elle s'était arrêtée.

— Léna souriait tout le temps. Elle ne me faisait pas peur, même si elle m'a dit qu'elle venait d'une autre planète, très loin d'ici.

Son copain Sébastien, à côté d'elle, l'interrompt.

— Comment s'appelle sa planète ?

Nouvelle hésitation de Julie, qui se rappelle bien le nom de l'univers de son étrange amie : Vampar.

Et aussi que ça rimait trop bien avec *vampire*...

— De plus, ses ailes qui la faisaient ressembler à une chauve-souris, ses dents pointues, ses grands yeux jaunes comme ceux d'un tigre ne faisaient qu'empirer les choses.

Julie avait raconté à Léna l'histoire des vampires qui sucent le sang de leurs victimes pour vivre. Léna était restée muette. La Vampar ne savait pas trop comment réagir.

— Je préfère ne pas le dire ! rétorque Julie à Sébastien. Ce que je peux vous dire, par contre, c'est que j'avais vraiment l'impression d'être avec une amie. Je me rappelle qu'elle aimait mes cheveux. Elle jouait sans cesse avec eux. Elle trouvait ça drôle, et quand elle m'en en cassé un avec ses doigts mouillés, c'était encore plus drôle parce qu'elle était certaine de m'avoir fait très mal. On s'amusait bien... jusqu'à ce que mon père nous surprenne toutes les deux. Là, ç'a été beaucoup moins comique ! Nous ne l'avions pas entendu venir et il était à moins de deux mètres de nous lorsqu'il a fait un peu de bruit. Quand Léna l'a vu, elle s'est sauvée en plongeant dans le lac, mais vous auriez dû voir ce plongeon : au moins dix mètres avant qu'elle ne touche l'eau ! On aurait dit qu'elle s'était envolée...

Des oh et des ah arrivent aux oreilles de Julie, venant des autres élèves. À nouveau, la fillette ne s'en occupe pas.

Elle est trop plongée dans ses souvenirs.

• • •

Vous auriez dû voir la tête de mon pauvre papa. Il avait l'air de se poser mille questions en même temps. Il pointait le lac avec un doigt qui tremblait tout le temps. Je crois qu'il a bégayé durant cinq minutes avant de réussir à dire quelque chose de pas trop intelligent, du style *C'est quoi, ça ?*

Je lui ai dit tout simplement que c'était ma nouvelle amie. Il n'a pas trouvé ça drôle du tout et m'a entraînée à l'intérieur avant de verrouiller toutes les portes et les fenêtres. Il était tout énervé. Je ne l'avais jamais vu comme ça !

Je lui ai dit tout ce que je savais. Lui, il voulait surtout savoir d'où elle venait. Je lui ai répondu que c'était une extraterrestre, mais il avait déjà l'air de le savoir !

À L'AIDE !

Cette nuit-là, j'ai bien dormi. Au matin, mon père m'a demandé d'aller me baigner tandis qu'il sortait la caméra vidéo. Il s'est posté derrière les rideaux de la fenêtre, comme un espion. Je me suis baignée avec l'anneau de Léna sur la tête pendant plus d'une heure sans qu'elle ne se montre. Je regardais souvent mon père.

Au bout d'un certain temps, il s'est découragé et a disparu de ma vue. L'instant d'après, la lumière de la chambre où il rangeait toutes ses choses s'est allumée. Comme il ne faisait pas très chaud ce matin-là, je suis sortie de l'eau.

À ma grande surprise, j'ai aperçu Léna qui s'amenait, venant du bois cette fois-ci. Elle n'avait plus ses espèces d'ailes sous les bras et ses mains étaient maintenant normales... Sauf qu'elles avaient encore quatre doigts et de très grands ongles.

Je lui ai demandé où elle avait mis ses ailes. Elle m'a répondu qu'elle ne s'en servait que sous l'eau et que ses ailes pouvaient revenir quand elle le voulait. Elle m'a même fait une petite démonstration. C'était super !

Je riais comme une folle, mais elle semblait soucieuse. Elle et sa tante avaient des problèmes avec leur vaisseau et elles avaient besoin d'aide. Je lui ai dit que mon père était un bon bricoleur, mais Léna ne voulait pas que ce soit mon père qui l'aide. Il fallait que ce soit moi... J'ai trouvé ça bien drôle : moi, l'aider à réparer son vaisseau spatial !

Pas rapport !

Léna a baissé la tête avant de retourner dans le lac sans rien ajouter. Alors, j'ai décidé d'en parler à mon père. Il était bien embêté, lui aussi, ne sachant pas s'il devait se mêler de ça. De toute évidence, il n'était pas invité. Mais finalement, il a décidé d'intervenir quand même.

Nous sommes donc partis en ville où nous avons loué deux équipements de plongée sous-marine. Laissez-moi vous dire que ces bouteilles-là sont très lourdes. Papa est allé porter tout ça sur le petit quai pendant qu'un terrible orage s'abattait.

Nous avons passé un bon moment dans le chalet, mais lorsque nous sommes sortis, en maillot de bain, l'équipement avait disparu.

Papa a alors piqué une de ces colères, disant que ça lui coûterait une petite fortune et... Vous devez connaître la suite : vous savez comment sont les pères lorsqu'il est question d'argent... ils deviennent à moitié fous !

Il a essayé d'appeler la police, mais le téléphone ne fonctionnait pas. Il est monté dans l'auto. Il était tellement furieux qu'il a dû revenir... Il m'avait oubliée à la maison ! Puis nous sommes partis vers la ville. Mais nous n'avions pas fait cinq cents mètres que nous avons dû rebrousser chemin : un arbre nous barrait la route. C'était lui qui avait arraché les fils du téléphone.

Nouvelle surprise lorsque nous sommes revenus au chalet. Léna était assise sur le quai avec tout notre équipement. Je suis vite allée chercher mon anneau. Dès que nous sommes arrivés au quai, Léna a sauté à l'eau en nous disant de faire de même parce que sa tante nous attendait. J'ai répété ça à mon père qui n'entendait pas ce que Léna me disait.

Il a paru assez surpris, mais il m'a tout de même installé l'équipement de plongée en me montrant comment m'en servir. Ce n'est pas très difficile, mais très encombrant. Puis il a fait un bout avec moi en eau peu profonde, sous l'œil amusé de la fille-poisson qui faisait des culbutes autour de nous à une vitesse foudroyante. Elle nageait plus vite qu'un poisson grâce à sa queue qui avait maintenant la forme d'un éventail.

Finalement, voyant que je n'avais pas de difficulté, mon père m'a fait signe de descendre avec lui.

Là, j'étais moins à l'aise. Nous avons nagé lentement pendant un moment, jusqu'à ce que l'eau devienne froide.

Tout à coup, j'ai vu une grande forme noire juste devant moi. Le vaisseau spatial de Léna venait soudainement d'apparaître sous nos yeux. C'était comme si nous ne pouvions le voir que de très près. Il était énorme...

LE VAISSEAU

Il y avait quelqu'un d'autre près de la forme noire. Ce devait être la tante de Léna, car elle portait le même vêtement que mon amie, mais était un peu plus grande. Elles se sont parlé quelques secondes. La tante ne quittait pas mon père de l'œil, semblant s'en méfier. Elle aussi avait un bandeau doré, mais de forme un peu différente. Léna en a apporté un semblable à mon père. La lumière au front de la tante de Léna s'est allumée. L'expression des yeux de mon père était quelque chose à voir. Remarquez que ce n'est pas tous les jours qu'on entend quelqu'un nous parler sous l'eau... Et directement dans notre tête !

Puis elles nous ont indiqué une porte sur le côté du grand vaisseau noir, aux contours arrondis. Le gros appareil ressemblait un peu à une raie. Ou à Léna lorsqu'elle nage...

À l'intérieur, c'était plein d'eau, et on aurait dit que les murs étaient faits de lumière. On pouvait même passer notre main au travers.

C'était génial !

Mais la forme de ces murs l'était moins. On aurait dit de grands boyaux mous qui avaient l'air d'aller un peu n'importe où. Ça me faisait un peu penser aux intestins d'un monstre... Beurk !

Léna m'a demandé de la suivre pendant que mon père nageait de l'autre côté avec la tante de mon amie, qui s'appelait Mrani... ou quelque chose comme ça.

•••

— Hein ? s'écrie Michel, assez fort pour que toute l'école l'entende.

— Qu'y a-t-il encore ? sermonne madame Boyer.

Le gamin regarde droit devant lui, la bouche ouverte. Il ne répond pas. Il semble perdu dans de lointaines pensées. Il fait non de la tête. Julie hausse les épaules et l'oublie.

• • •

Mon amie m'a amenée dans ce qui devait être sa chambre.

C'était une petite pièce carrée. Mais avec seulement trois murs, dont un, de lumière. De l'autre côté, on voyait le fond du lac, comme s'il n'y avait rien, comme si on avait oublié de mettre un mur là !

Léna m'a expliqué que c'était l'extérieur du vaisseau ; qu'on pouvait voir au-dehors, mais pas au-dedans.

Je me suis attardée aux poissons qui nageaient tout près. Certains étaient très gros.

Puis j'ai examiné les détails de sa chambre. Dans un coin, il y avait un genre de baignoire en caoutchouc. L'autre mur était recouvert de toutes sortes de jeux électroniques. J'ai essayé celui qui se jouait avec une balle qu'il fallait attraper quand elle se promenait un peu partout dans la pièce. Ce n'était pas si facile... surtout avec l'équipement de plongée sur le dos. Je n'ai pas réussi une seule fois, mais mon amie l'a touchée avec sa queue, et alors, de jolies couleurs en sont sorties.

Tout à coup, mon père est arrivé et m'a entraînée à l'extérieur en vitesse. Il tenait ma main tandis que nous montions lentement. Il regardait sans arrêt un cadran accroché à sa bouteille. J'ai alors compris que nous étions sur le point de manquer d'air.

Et c'est ce qui est arrivé !

L'air a commencé à manquer juste avant qu'on arrive à la surface, près de la ligne de la corde et des bouteilles. Une chance que mon père m'a tenu la tête en dehors de l'eau. Dites-vous que j'étais plutôt contente d'arriver à la plage.

Le seul problème, c'est que je ne pouvais pas sortir la bouteille de l'eau. Elle était beaucoup trop lourde. J'ai enlevé tout ça dans l'eau et je l'ai laissé là. Mrani et Léna, qui nous avaient suivis, ont sorti mon équipement comme s'il ne pesait que des plumes.

Sans mot dire, mon père a entraîné Mrani vers le garage. Ils ont fouillé un long moment, puis Mrani est retournée à son vaisseau avec un bout de fil et un machin que je ne reconnaissais pas.

MRANI

Mon père est alors retourné au village faire remplir les bouteilles d'air. Il a emporté sa scie pour couper l'arbre tombé dans le chemin.

Il semblait maintenant en confiance avec nos nouvelles amies. Figurez-vous qu'il m'a même demandé de garder Léna !

C'était à mon tour de montrer ma chambre du chalet à ma copine. Je lui ai expliqué qu'elle était bien différente de ma chambre en ville.

Elle m'a aussi dit que sa chambre ne ressemblait pas à celle qu'elle m'avait montrée.

Ça doit... ai-je pensé en tentant d'imaginer à quoi pouvait ressembler sa planète.

À cause de l'anneau, elle m'a donné la réponse à la question que je m'étais posée intérieurement. Elle m'a dit que sa planète est à peu près grosse comme la nôtre, mais avec beaucoup plus d'eau. Les gens y vivent en communautés de plusieurs familles par maison, ce qui fait que leurs chambres ne sont pas aussi grandes que les nôtres. Elles sont même toutes petites, juste assez grandes pour y dormir. Ce sont des espèces de trous dans les murs dans lesquels les gens entrent les pieds en premier. Tous leurs effets sont sur les côtés.

Je ne m'attendais pas à ça du tout, pensant plutôt à de grands espaces de style futuriste.

Ses descriptions me laissaient vraiment songeuse. Je me disais que si des gens sont capables de voyager d'une planète à l'autre, c'est qu'ils doivent avoir de grandes chambres.

C'est logique, il me semble ! J'ai trouvé ça plutôt bizarre...

Elle m'a dit pourquoi. C'est parce qu'il y a beaucoup plus de monde sur leur planète que sur la nôtre et que c'est leur façon de sauver de l'espace. Là, j'ai compris un peu mieux. Je me suis rappelé qu'au Japon, il existe des endroits comme ça... Et il y a beaucoup de monde au Japon !

Ensuite, nous sommes descendues au sous-sol où j'ai montré à mon amie comment jouer avec mon jeu vidéo dernier cri. Elle avait autant de difficulté avec mes jeux que moi avec les siens. Elle avait surtout du mal à tenir la manette. C'était peut-être dû à ses étranges doigts. Cette manette n'était évidemment pas faite pour elle.

Par la fenêtre donnant sur le lac, nous avons vu la tante de Léna revenir. Mrani n'avait pas l'air contente du tout. Dans ses mains, elle tenait le machin que papa lui avait donné. Il était tout noirci, à présent.

Encore une fois, Léna est devenue triste. Pour lui changer les idées, je l'ai ramenée aux aventures virtuelles du jeu vidéo. Léna s'y est intéressée passionnément jusqu'à ce que sa tante vienne nous retrouver. Elle tentait de sourire, mais ce n'était pas trop convaincant.

Il était évident que quelque chose ne marchait pas à son goût. La pauvre semblait découragée. Elle avait accordé son anneau avec le mien, comme Léna l'avait fait la veille. On a échangé quelque peu. Elle m'a avoué qu'elle avait déjà des amis sur Terre et qu'elle en avait même une... à Sainte-Julie !

Mais elle ne savait pas où elle demeurait en ce moment parce qu'elle venait de déménager.

• • •

Julie fait une pause. Elle n'a plus le choix : il y a trop de bruit autour d'elle. Tous les élèves y sont allés d'au moins un commentaire, même madame Boyer !

—Je viens d'arriver dans une ville pleine d'extraterrestres... se plaint-elle.

Julie décide qu'elle en a assez.

—On se reparlera de ça quand j'aurai fini... D'accord ?

Tous hochent la tête... sauf un !

Michel fait semblant de dormir. L'enseignante le réveille en sursaut.

— Michel... Tu dors !

— Ton moulin va trop vite... ajoute Samuel en chantant.

Toute la classe éclate de rire. Michel rougit rapidement. Il va se rappeler longtemps de sa première journée à cette école.

Julie a perdu le fil.

— Où est-ce que j'étais rendue ?

— Encore sur terre ! répond le faux dormeur.

La plupart des autres élèves le réprimandent. Le nouveau comprend alors qu'il ne battra jamais *Julie la jaseuse* dans un concours de popularité. Il boude un peu tandis que Julie reprend son histoire.

• • •

À ce moment-là, je me suis demandé : *Est-ce qu'il y aurait beaucoup de... d'extraterrestres comme eux qui viennent nous visiter ?*

Imaginez ce qu'elle m'a répondu ! Sur une île, il y a même une vieille colonie d'extra-terrestres qui vivent parmi les terriens depuis des centaines d'années. Ils sont un peu différents, parce qu'ils sont devenus un peu plus terriens.

Puis Léna a coupé la parole à sa tante. Elle lui parlait en gesticulant tout le temps. Je n'entendais pas ce qu'elles se disaient, mais ça avait l'air très sérieux.

Tout à coup, sa tante a hoché la tête comme si elle voulait dire non. Là, mon amie a poussé un cri plus fort que les autres avant de partir comme une fusée.

EN VILLE

Je l'ai suivie et l'ai retrouvée sur notre grosse roche, assise en petit bonhomme, ses ailes repliées sur elle-même. Qu'elle était belle à voir ainsi ; on aurait dit un papillon dans son cocon, mais elle avait l'air tellement triste ! Je me suis assise à côté et lui ai demandé ce qui se passait. Elle m'a dit que c'était sa faute si le vaisseau était brisé, qu'elle avait touché le mauvais bouton et que tout avait sauté. Mon amie s'est alors caché la tête sous les ailes pour me dire qu'elles ne pourraient pas repartir vers leur planète et qu'elle en était la responsable.

La pauvre avait l'air de pleurer. Sa tante est arrivée pour la consoler ; elle s'est assise devant Léna et lui a pris les mains dans les siennes. Après quelques minutes de conversation, Léna s'est jetée dans les bras de sa tante. La discussion s'est poursuivie encore quelques secondes.

Puis le visage de Mrani est tout à coup redevenu souriant. Pas comme quelqu'un qui est content, mais plutôt comme quelqu'un qui vient de faire un mauvais coup. Léna a sursauté. Ses yeux disaient qu'elle avait peur et j'étais certaine que cela avait un rapport avec ce que sa tante venait de lui dire. Se tournant vers moi, Mrani m'a demandé si j'avais un pantalon long, des bottes hautes, quelques chandails, une grosse perruque et des lunettes de soleil.

Là, c'est moi qui étais surprise! Je me demandais ce qu'elle voulait faire avec ça. Comme elle lisait dans mes pensées avec son anneau, elle m'a répondu que c'était pour aller faire un tour en ville.

J'en suis presque tombée en bas de ma roche : les extraterrestres voulaient aller magasiner au village!

Je ne savais pas quoi dire. J'avais ce qu'elle me demandait, mais je n'arrivais pas à me faire à l'idée d'amener Léna en ville. Sa tante non plus, parce qu'elle aussi voulait y aller !

Comment faire pour cacher la queue, les oreilles, les yeux ? Le gadget de communication instantanée s'est encore mis en branle. Mrani m'a dit qu'elle y allait souvent, qu'il n'y aurait pas de problème, ainsi habillées, et qu'il fallait faire quelque chose pour changer les idées de Léna. Le monde des humains serait pour elle un parfait divertissement.

Puis papa est venu nous rejoindre ; autre discussion, autre surprise. Papa nous regardait tour à tour. Il n'avait pas l'air bien. Son teint pâlissait lentement.

Mrani lui a donné d'autres informations auxquelles il a réagi : « Les vôtres composent des villages entiers sur terre ? »

Et il est tombé dans le lac.

•••

Madame Boyer interrompt Julie.

— C'est vrai, ça ?

La fillette réfléchit quelques secondes avant de répondre. Elle sait qu'elle est encore allée trop loin, mais elle ne peut pas mentir.

— Oui, c'est vrai... Mais je ne vous dis pas où !

Michel ajoute, assez fort pour que tous l'entendent :

— Je l'aurais parié.

Julie ne s'en occupe pas, mais elle commence à en avoir assez de celui-là.

• • •

Mrani a simplement souri en regardant mon père qui pataugeait.

Qu'elle semblait fière de son coup !

Elle l'a sorti de l'eau et la discussion que je n'entendais pas a repris entre eux. Finalement, mon père a dit qu'il faisait là une gaffe, mais il a tout de même fait oui de la tête. Léna était ravie lorsque nous sommes arrivées dans ma chambre et que j'ai commencé à l'habiller comme moi. Sa tante est venue lui montrer comment tenir sa queue enroulée dans son dos.

Le résultat était incroyable. Elle ressemblait à n'importe quelle petite fille en vacances. Nous sommes montés dans l'auto et nous nous sommes promenés en ville un bon moment. Puis Mrani a demandé à papa de stationner.

Là, il a trouvé qu'elle allait un peu loin, mais il s'est quand même arrêté. Nous avons marché sur la rue principale, où Mrani a montré plusieurs choses à sa nièce, s'arrêtant à chaque vitrine. Je me rappelle que Léna

aimait les petites vaches. Elle trouvait bizarres ces choses tachetées de noir et de blanc. Elle se passionnait aussi pour les bijoux. Tout comme sa tante.

Nous sommes arrivés devant mon endroit préféré dans ce village : l'arcade. Le gérant n'a pas voulu nous laisser entrer parce que nous étions trop jeunes. Léna ne comprenait pas ça : tout le monde pouvait aller n'importe où sur sa planète. Papa s'en est mêlé en disant au gérant que nous ne voulions que regarder. Le gars n'a rien voulu savoir.

Alors, on a contourné l'arcade en regardant à l'intérieur par les fenêtres ouvertes. Léna regardait partout. Elle adorait ces couleurs et ces sons, mais trouvait que c'était un peu trop bruyant. Je la comprenais bien, parce que même moi, je trouvais que la musique rock était vraiment trop forte !

Ensuite, on est arrivé devant un jeu où deux hommes s'affrontaient dans un combat à l'épée. Mrani n'aimait vraiment pas ce jeu.

Elle en a parlé avec Léna en s'arrangeant pour qu'on ne les entende pas.

Elles ont ensuite regardé d'autres manèges semblables, seules toutes les deux. Je suis certaine que Mrani donnait à Léna un cours sur les humains.

Elles nous ont finalement rejoints devant une fenêtre. On y voyait une machine où un jeune montrait ses talents de pilote de vaisseau spatial. Les deux extraterrestres ont failli mourir de rire devant ce spectacle. J'en ai déduit que ce n'était pas comme ça que ça se passait dans l'espace !

Après un long moment, nous sommes repartis vers le chalet.

En tout cas, Léna semblait s'être bien amusée, parce qu'elle riait tout le temps.

C'était drôle à entendre. Son rire ressemblait au bruit de deux bouteilles que l'on heurte ensemble. Plus je l'entendais, plus je riais... Et plus Léna me voyait rire, plus elle riait comme une folle... Ce qui fait qu'on n'a pas arrêté de rire tout le long du retour.

• • •

Toute la classe se met à rire avec Julie, qui en a les larmes aux yeux.

Cela lui permet de se reposer un peu parce qu'elle commence à être fatiguée. Elle se dit qu'elle doit faire connaître son amie à toute sa classe, mais sans en dire trop...

• • •

Quand on est arrivé au chalet, Mrani a tenu à faire un tour dans le lac avec Léna.

Je crois qu'elle voulait parler seule à seule avec sa nièce. Au bout d'une demi-heure, elles sont revenues dans la maison.

Léna et moi avons recommencé à jouer à son jeu vidéo préféré devant sa tante qui bricolait un drôle de machin. Papa, lui, est retourné en ville pour acheter de quoi préparer un repas pour quatre personnes.

DE LA VISITE

À ce moment-là, quelque chose de terrible est arrivé : ma mère !

Nous ne l'avions pas entendue entrer. Elle nous faisait une visite surprise... Et c'était très réussi !

Ma pauvre maman a presque crié au meurtre lorsqu'elle a vu les queues des deux extraterrestres et elle a voulu leur faire un mauvais parti avec sa sacoche. Ce qu'une mère ne ferait pas pour protéger ses enfants ! Elle me pensait en danger... C'était plutôt le contraire.

Mrani aussi voulait protéger sa nièce. Elle a caché Léna derrière elle et se préparait à...

•••

Julie se tait soudainement. Elle se rappelle trop bien la scène : les yeux jaunes de Mrani allumés comme des phares d'auto, toutes ses griffes sorties et sa queue en éventail devant elle. Elle se préparait à découper l'intruse en petits morceaux.

Julie avait si peur pour sa maman... qui avait probablement plus peur que n'importe qui d'autre !

La fillette regarde autour d'elle : tous les visages sont inquiets.

Je n'ai pas à conter ça, pense-t-elle. *Ils n'ont pas à savoir comment les extraterrestres font pour se défendre.* Mais elle poursuit.

●●●

Je me suis interposée entre les deux en disant à maman qu'on était des amies. Elle voulait absolument voir papa. Elle a fait une drôle de tête quand je lui ai dit qu'il était parti en ville faire les emplettes.

Il était évident que ma pauvre mère ne comprenait pas grand-chose à ce qui se passait.

Le visage de mes amies trahissait aussi leur inquiétude. Elles se demandaient bien qui pouvait être cette *énervée*. Je leur ai dit que c'était ma mère. Puis je lui ai passé l'anneau de papa.

Pendant tout ce temps, Léna était demeurée cachée derrière sa tante qui ajustait son *machin à parler* en ne quittant pas maman des yeux.

Tout à coup, les yeux de maman semblaient regarder dans son cerveau. Mrani avait établi le contact. Ma mère ne bougeait plus. Elle écoutait en regardant celle qui lui donnait des explications.

Maman a reculé d'un pas en me demandant d'en faire autant. Elle ne devait pas avoir confiance en Mrani. Il a fallu que je recommence à tout lui expliquer. Ma mère a dû s'asseoir pour mieux absorber le tout. Tout compte fait, elle l'a assez bien pris.

J'ai même été vraiment surprise de la façon dont elle a réagi... comme si c'était tout à fait normal d'aider des extraterrestres mal pris !

Puis maman s'est levée en s'excusant et a serré la main de Mrani. Je n'en croyais pas mes yeux.

Moi qui pensais que maman ne croyait même pas aux extraterrestres... Elle n'a mis que deux minutes à s'en faire des amies !

C'est à ce moment que mon père est arrivé. Il se demandait ce qui avait bien pu se passer, car il avait vu la voiture de maman à l'entrée et connaissait très bien sa facilité à se mettre en colère.

Il nous a rejointes au sous-sol en examinant tout le monde pour s'assurer qu'il n'y avait pas de blessé !

Il s'est ensuite tourné vers maman, mais c'est elle qui a pris la parole en disant : « Tu as caché des extraterrestres au chalet et tu ne me l'as pas dit !... »

Ils ont tous deux pouffé de rire et la discussion s'est terminée là. Maman est allée chercher ses effets dans son auto comme si de rien n'était.

Après avoir chipé l'anneau de la tête de ma mère, papa a demandé à Mrani si ce qu'il lui avait donné avait fonctionné. Je n'ai pas entendu la réponse, mais à voir leur figure, il était évident que ça n'avait pas marché.

Nos amis ont donc partagé notre repas. Ma mère et la tante de Léna avaient préparé la nourriture ensemble. Léna ne semblait pas tellement aimer ce qu'elle avait dans son assiette. Par contre, sa tante avait l'air de ne pas trouver ça si mal. Je me rappelle qu'elles ne mangeaient rien de cuit, même pas leur viande !

Puis j'ai remarqué qu'elles n'avaient pas de végétaux dans leur assiette. J'ai alors compris que mes amies étaient carnivores.

•••

— Des carnivores... Comme les requins ? s'inquiète Catherine.

— Si tu veux, mais je crois qu'ils ne mangent que du poisson.

— C'est pour ça... murmure Michel, au fond de la classe, au moment où Julie reprend son récit.

•••

Plus tard, nous avons passé une bonne partie de la soirée au bord d'un feu, à l'extérieur.

Mes parents n'ont pas cessé de parler avec la tante de mon amie, qui semblait avoir aussi sommeil que moi. Je me suis endormie sur les genoux de ma mère, juste à côté de Léna, qui avait aussi la têtc sur les genoux de maman. Léna devait bien la prendre un peu pour sa mère à elle, maintenant.

D'AUTRES

Le lendemain matin, nouvelle visite de nos voisins sous-marins qui nous ont apporté le petit déjeuner... Du poisson !

Heureusement que j'avais déjà mangé...

Mrani a rejoint mon père, qui travaillait depuis un moment au garage. Tout à coup, on a entendu un gros plouf !

On s'est tous lancés aux fenêtres, mais on n'a vu qu'une grosse vague qui s'en venait vers la plage.

Mrani s'est précipité au lac et a plongé à une vitesse incroyable. On aurait dit qu'elle venait de voir une mouffette dans le garage !

Léna m'a expliqué que c'était un autre vaisseau et qu'elles allaient pouvoir retourner chez elles. Et elle a plongé à son tour.

Maman avait l'air triste. Elle devait se douter que nos amies s'en iraient bientôt. Papa a aussitôt demandé à maman de me mettre mon équipement de plongée. Puis il m'a installé une nouvelle bonbonne d'oxygène. Nous sommes allés à la rencontre de nos amies et avons aperçu le nouveau vaisseau. Tout près, se tenaient trois autres extraterrestres : deux d'entre eux ressemblaient comme deux gouttes d'eau à Mrani, tandis que l'autre était très différent. Il était très grand et le dessous de ses ailes était rouge...

· · ·

Julie se trouve aux prises avec un problème de conscience. *Dois-je le dire ou pas?* se demande-t-elle en faisant une grimace.

Autant qu'ils sachent de quoi les papas policiers de leur planète ont l'air!

· · ·

Je n'aurais jamais cru qu'il était possible de nager aussi vite! Ce grand-là nous avait à peine vus, qu'il était rendu tout près de nous!

Cette créature nous regardait à tour de rôle. Son regard s'est arrêté sur moi un long moment.

Je tremblais de partout, rien qu'à le voir!

Il était si grand, tellement plus grand que papa! Ses yeux étaient rouges et luisaient comme des lumières venues de l'enfer. De plus, il nous pointait de son arme, une espèce de gant muni de pointes et de fils... Il portait une armure hérissée de piquants. Comme un guerrier.

Pas très joli...

Effrayant...

Pire que dans les films d'horreur.

Pire que dans n'importe quel cauchemar...

Je crois que je n'ai jamais eu aussi peur de toute ma vie !

Mrani était venue nous rejoindre et s'était placée entre nous et la créature pour nous protéger... Et on semblait en avoir besoin !

La tante de Léna a discuté quelques secondes avec l'affreux personnage. Tout à coup, le visage du policier de l'espace s'est illuminé et il s'est approché de moi.

J'essayais de reculer...

J'avais encore si peur !

Il m'a dit bonjour avec une petite voix d'enfant.

Tout le contraire de ce que j'attendais ! Je croyais qu'un être comme lui aurait une voix grave... Méchante... Diabolique !

Une voix qui me ferait faire dans mes culottes... Ce que j'ai probablement fait, mais je ne m'en suis pas aperçue, parce que j'étais sous l'eau !

Il m'a dit qu'il s'appelait Xatoz. Maintenant, il souriait tout le temps. Il était drôle... Il m'a même fait une grimace avant de se tourner vers mon père pour lui tendre la main.

Papa aussi semblait en avoir peur, mais au bout de quelques secondes, ils se souriaient tous les deux.

Mrani a alors expliqué à mon père que la pièce qui avait brûlé avait tenu assez longtemps pour lancer un signal de détresse.

• • •

LE DÉPART

À ce moment, la cloche sonne pour annoncer la fin des cours. Il faut dire qu'il n'y a pas de cours l'après-midi, aujourd'hui.

Madame Boyer s'approche de Julie.

— Veux-tu continuer tout de suite ou demain matin? lui demande-t-elle, la suppliant presque du regard de poursuivre son récit.

Julie comprend ce qu'elle a à faire lorsqu'elle s'aperçoit que personne ne s'est levé. De plus, elle sait où se termine son récit; ce n'est plus tellement loin.

• • •

Il ne s'est pas passé grand chose après ça.

Au bout de quinze minutes, Xatoz est revenu vers nous en nous disant qu'on devait remonter à la surface.

Cette fois, il avait repris sa grosse voix. Nous ne pouvions discuter un ordre donné sur un tel ton. Papa aussi l'a compris. Nous sommes retournés voir maman, qui nous attendait sur la plage. Puis, sans nous dire au revoir, ils sont partis.

En premier, c'est le vaisseau des réparateurs qui s'est élevé rapidement au-dessus du lac. L'eau, au-dessous, faisait un arc-en-ciel. C'était très beau. Il était déjà disparu... Comme ça !

Zap !

Plus rien !

Maman avait quand même eu le temps de leur envoyer la main. J'avais remarqué que leur appareil était tout de même assez petit, comparé au premier. Il était à peu près de la grosseur d'un avion de ligne.

Ensuite, ce fut au tour de l'appareil de nos amies. L'oiseau de l'espace, tout noir vitreux, était tout simplement énorme... Il devait faire presque la moitié du lac !

Il s'est lentement élevé au-dessus de l'eau... Très, très lentement. Mrani l'avait laissé égoutter un peu pour ensuite passer à basse vitesse au-dessus de la maison. C'était beau... Et comique en même temps : figurez-vous que ce vaisseau ronronnait comme un chaton. Puis, il a tout simplement disparu, lui aussi...

Je suis longtemps restée là, à regarder vers le ciel, où était partie Léna, mon amie... un peu spéciale.

• • •

DES DOUTES

Julie observe ses camarades, encore figés sur place. Ils sont ainsi depuis le début de son récit, sauf le grand Michel, qui joue avec sa casquette, l'air songeur.

— Elle a fini ? On peut y aller maintenant ?

Il regarde les autres élèves qui se tournent les uns après les autres dans sa direction.

— Vous n'allez tout de même pas croire ça ?

Personne ne répond. Il hoche la tête :

— Vous êtes plus épais que je croyais, dans cette ville. Vous savez bien que les extra-terrestres n'existent pas !

Ces mots sèment le doute chez l'enseignante.

— Nous as-tu conté toute la vérité, Julie ?

La fillette hésite. Elle pèse la question et conclut qu'elle a bien raconté la vérité, mais toute la vérité ?

— Non... est la réponse.

Elle n'a pas tout dit.

Elle ne le pouvait pas.

Elle l'avait promis.

Elle n'a pas le choix.

Nicole éclate d'un rire sonore.

Un à un, les élèves l'imitent, puis Julie et même le grand à la casquette. Avant qu'ils ne sortent de la classe, l'enseignante interpelle Julie au passage.

— Je vais essayer de t'aider à développer cet incroyable talent de conteuse que tu as.

Tu m'as presque eue. Ton histoire était boule-
versante de vérité.

— Évidemment... répond Julie avec un
sourire en coin.

La dame reprend l'air hébété qu'elle a eu
durant tout le récit, tandis que la petite Julie
s'en va à pied chez elle. En route, elle trouve
le grand Michel qui l'attend, adossé à un
tronc d'arbre. Elle l'ignore, mais il se lève
pour marcher un moment à côté d'elle avant
de se décider à lui parler.

— Je sais que ton histoire est vraie... Je suis
pas mal certain que la copine terrienne de
Mrani, c'est ma sœur aînée.

Julie ne sait plus quoi dire, mais le garçon
de poursuivre :

— Tu n'aurais pas dû en parler. Ma sœur a
eu des tas d'ennuis à cause de ça... Il nous a

même fallu déménager à cause d'elle. Il y a des secrets qu'il ne faut pas révéler!

— Ce sont eux qui m'ont demandé d'en parler! riposte la petite fille.

Le garçon fronce les sourcils. Il n'est pas convaincu. Sans rien ajouter, il se dirige vers une petite maison et s'arrête.

— Si jamais quelqu'un te pose des questions là-dessus, dis-lui que tu as tout inventé. Ça suffira.

Julie regarde le grand garçon disparaître derrière la porte qui se referme.

Elle a les idées toutes mêlées, à présent.

Elle qui se croyait unique...

Julie sait maintenant qu'elle ne l'est pas, qu'elle n'est qu'une parmi d'autres.

Cela la chagrine un petit peu, mais les souvenirs qu'elle vient de partager avec ses amis la rendent heureuse.

Par contre, elle a maintenant quelqu'un avec qui elle pourra en parler librement. Sans briser ses promesses.

Parler de tout ce qu'elle n'a pas le droit de dire à ceux qui ne savent pas...

À BIENTÔT

Julie reste seule sur le trottoir, seule avec ses pensées embrouillées. Elle sort de sa poche la lettre qu'elle a reçue la semaine passée. Elle ne comprend pas comment ce message a pu se rendre jusque chez elle? La fillette relit le bout de papier pour la centième fois, afin de s'assurer encore qu'il est bien réel.

Chère Julie,

Je vais venir te chercher le jour de votre Noël, à midi, à l'endroit où nous avons fait connaissance. Ma mère et le Conseil des sages de notre planète ont décidé que nous devrions continuer de nous voir. Ils disent que c'est comme ça que se bâtit l'amitié entre les peuples. Nous irons où est notre colonie sur Terre, puis sur ma planète. N'oublie pas ton maillot, tu en auras besoin!

P.S. Ma mère aimerait rencontrer tes parents, s'ils sont d'accord.

À bientôt.

Léna de Axino

Elle replie délicatement le message avant de se diriger vers la maison du grand Michel. Elle veut absolument partager avec lui ses aventures. Avec lui et sa grande sœur.

Julie se doit d'en parler à quelqu'un sans briser ses promesses. À un ami qui va la croire.

Julie veut s'assurer qu'elle n'a pas rêvé toutes ces aventures. Ce qu'elle sait, c'est trop pour une seule petite fille !

Elle frappe à la porte en pensant que Noël va bientôt arriver, Noël qui va la ramener auprès de sa petite amie des étoiles.

Julie est certaine que Léna va venir la chercher. Elle le lui a promis... Et les Vampars disent toujours la vérité.

TABLE DES MATIÈRES

AUX ÉDITIONS DE LA PAIX

125, rue Lussier
Saint-Alphonse-de-Granby
(Québec) J0E 2A0

Téléphone et télécopieur (514) 375-4765
Courriel **editpaix@total.net**
Visitez notre catalogue électronique
www.netgraphe.qc.ca/editpaix

COLLECTION RÊVES À CONTER

Rollande Saint-Onge
Petites histoires peut-être vraies (Tome I)
Petites histoires peut-être vraies (Tome II)
Petites histoires peut-être vraies (Tome III)

André Cailloux
Les contes de ma grenouille

COLLECTION DÈS 9 ANS

Steve Fortier
L'île de Malt

Louis Desmarais
Tommy Laventurier
Le Bateau hanté
Indiana Tommy
L'Étrange Amie de Julie

COLLECTION PETITE ÉCOLE AMUSANTE

Charles-É. Jean
Remue-méninges
Drôles d'énigmes

Robert Larin
Petits problèmes amusants

Virginie Millière
Les recettes de ma GRAM-MAIRE